UN DINER

CHEZ

LOUIS-PHILIPPE

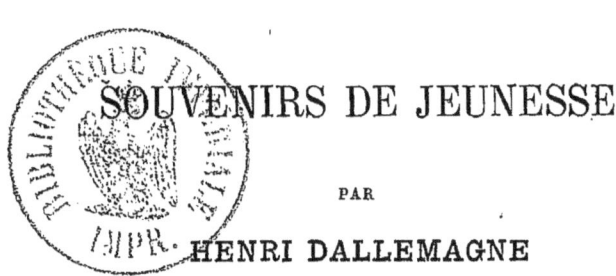

SOUVENIRS DE JEUNESSE

PAR

HENRI DALLEMAGNE

Extrait du journal LE GERS

AUCH

IMPRIMERIE ET LITHOGRAPHIE FÉLIX FOIX, RUE BALGUERIE.

1869

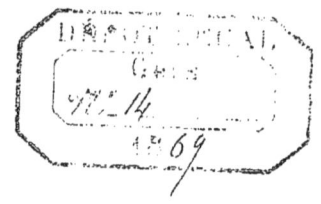

UN DINER

CHEZ

LOUIS-PHILIPPE

———

SOUVENIRS DE JEUNESSE

Le roi habitait le château de Neuilly, et jouissait en famille des beaux jours de l'année; c'était l'époque du concours pour les grands prix de Rome. Contrairement à l'habitude on constatait, cette année-là, que les élèves architectes de l'école des Beaux-Arts mettaient un entrain remarquable à ne pas concourir.

Quels pouvaient donc être les motifs d'une pareille froideur; était-ce une cabale montée? Mon Dieu! non, seulement on donnait pour sujet de concours une fontaine monumentale, et, comme depuis nombreuses années, le digne professeur avait cru bon de ne pas changer son programme, il y avait tout simplement, chez les anciens de l'école, indigestion chronique pour ce beau morceau architectural; quatre concurrents seulement entraient en loge.

En ce temps-là, nous étions très-rieurs; nous ne manquions jamais l'occasion de faire une *charge* (comme on dit en terme d'atelier) à nos bons petits camarades.

Or, nous étions un groupe d'intimes fréquentant le *Café de la Régence;* parmi nous figurait souvent un élève architecte depuis peu présenté par un des anciens de notre bande.

Ce jeune homme, fraîchement débarqué à Paris, comme *Robert* nous arrivait de la Normandie; seulement, il avait oublié d'apporter la finesse proverbiale de son pays; mais il s'était montré si bon garçon que, jusqu'à ce jour, nos plaisanteries à son égard avaient été fort modérées.

X.... (si vous voulez bien, nous l'appellerons ainsi), était un des quatre candidats au concours, et il lui arriva d'avoir une mention ; n'en soyez pas surpris, il y avait un premier prix, un second, et deux accessits.

Il vint le soir à *la Régence*, et nous fit part de sa bonne fortune; grisé par le succès, il avait des allures de grand vainqueur.

*
* *

La *scie* est organisée, les rôles sont distribués.

*
* *

Un de nous se rend au cabinet du ministre de l'intérieur : il obtient du secrétaire, son ami, une feuille de papier à lettre avec l'entête sacramentelle, on appose le grand cachet de cire rouge sur une coquine d'enveloppe revêtue des deux côtés de toutes les estampilles ministérielles.

L'autre, se rend chez un capitaine au 9e dragons, caserné à Orsay, il réclame de son amitié l'autorisation de laisser sortir, à cheval et en grande tenue, un sous-officier que nous connaissions dans son escadron. Mis au courant de notre projet, le capitaine déclare ne pouvoir accorder ladite permission, promettant toutefois de fermer les yeux; c'était tout ce qu'il nous fallait.

Donc un beau jour, vers les 11 heures du matin, on vit déboucher du Pont-Royal, un maréchal-des-logis de dragons en grande tenue. Un immense pli débordait de son plastron rouge, et, aux allures vives qu'il imprimait à sa monture, on pouvait croire qu'il portait quelque secret d'Etat à l'un des rares élus du faubourg St-Germain.

Le cheval s'arrête, encensant et piaffant, dans la cour du n° 54 de la rue de Verneuil.

— M. X..., élève de l'école d'architecture, demande d'une voix grave et sonore notre dragon en s'adressant à la concierge ahurie et bouleversée de voir ce beau militaire dans la cour de l'immeuble confié à sa vigilance.

— M. X... est chez lui, je vais l'appeler.

— Inutile, je suis pressé, veuillez sans retard lui faire tenir cette lettre; je n'ai pas besoin du reçu.., et notre estafette se retire plus vivement qu'il n'était arrivé.

*
* *

Le soir nous étions tous réunis à *la Régence*, attendant impatiemment X ..

Il arrive radieux ; prenant à part très-mystérieusement Adolphe D..., il lui montre sa lettre et lui demande conseil :

— Mon cher, lui dit Adolphe, la bonne fortune, très-méritée, du reste, ne m'étonne pas ; le roi est grand amateur de monuments ; c'est une monomanie chez lui de toujours faire bâtir. Je suis ravi de ce qui t'arrive, allons en faire part aux camarades.

Et, malgré les hésitations de son ami, Adolphe s'avance et nous lit la lettre suivante :

MINISTÈRE
DE L'INTÉRIEUR.

Paris, le 30 juin 184:...

CABINET
du Ministre.

Monsieur,

Le sujet que vous avez traité au concours a été fort remarqué par le Roi; et Sa Majesté, en me chargeant de vous exprimer tout son contentement, vous prie de vouloir bien venir dîner *sans cérémonie* dimanche 7 juillet, à 6 heures, en son château de Neuilly.

Sa Majesté se propose de faire élever une fontaine monumentale au centre de la cour d'honneur du château de Neuilly, et je pense, sous peu, avoir le plaisir de vous entretenir d'ordre du Roi pour ces travaux confiés à vos soins.

Je profite de cette circonstance, et je joins mes félicitations à l'approbation royale. Je suis heureux de vous dire qu'avec de pareils débuts vous pouvez prétendre à tout.

Recevez, Monsieur, l'assurance de ma haute considération.

Pour le Ministre absent :
Pour ampliation du chef du cabinet empêché :
Le Secrétaire, DUTILLY.

Un murmure flatteur accueille cette nouvelle, les félicitations vont *crescendo;* elles font trembler les voûtes de *la Régence*, et troublent, dans leurs combinaisons savantes, les silencieux joueurs d'échecs.

— Messieurs, dit Adolphe, voici un bien beau jour pour nous, et je suis sûr d'être l'interprète de tous en déclarant à X... que nous sommes aussi fiers de ses succès que s'ils étaient nôtres. Je propose donc un punch d'honneur, ce qui nous permettra de causer froidement et sérieusement en de pareilles conjonctures.

— Voyons, parlons peu, mais parlons bien. D'abord, mon cher X..., as-tu tout ce qu'il te faut pour te présenter dignement devant la famille royale?

— Oui, j'ai une toilette de bal qui, sans être de première fraîcheur, est cependant convenable !!!

— Je la connais, ta toilette de bal; mais, malheureux, je pense bien que tu ne veux pas nous humilier.....

— Cependant je t'assure que le tailleur, avec un coup de fer....., puis, tu as vu, la lettre dit *sans cérémonie*.....

— Mon ami; tu raisonnes comme un tambour mouillé; on a beau dire *sans cérémonie*, tu es joli, toi, mais un Roi est un Roi. Donc tu vas aller chez notre tailleur, tu lui commanderas un elbœuf nº 1, un *inexpressible* de savante coupe, un gilet en moire antique doublé d'un zéphir en piqué blanc; n'oublie pas le zéphir, mon bon, c'est complet et architecte; une chemise brodée : ça, mon ami, c'est Brésilien, et tu feras plaisir au prince de Joinville; si Jules te prête sa topaze montée en épingle, ce sera Espagnol, et tu raviras le duc de Montpensier; maintenant, arrivons au but Si tu es un peu désargenté, ne te gêne pas, on connaît ce que c'est; la bourse de tous les petits camarades est là : ne sais-tu pas notre devise : *un pour tous, tous pour un?*

— Merci, mes amis, mon père s'est oublié ; tout récemment il m'a adressé vingt-cinq louis; et, pour me conformer à vos désirs, je vais aller demain matin commander une tenue complète et irréprochable.

— Parfait, mon cher X..., ne te fâche pas si notre amitié qui doit tout oser te dit franchement que tu as quelques petites études à faire pour entrer dans un salon, saluer aisément et avec grâce. Nous te donnerons quelques répétitions : chez moi, par exemple. Tiens, vois-tu, je rangerai les fauteuils à droite, ce sera les dames; puis nous mettrons les chaises par ci, par là, ce sera les messieurs; et alors, comme chef de maison, je te présenterai à tout mon monde. Tu iras des uns aux autres, je t'expliquerai le jeu des nuances dans le salut, et je compléterai le tout de formules ornées de quelques mots heureux. Enfin, ne te tourmente pas, nous avons cinq jours devant nous; nous commencerons nos répétitions demain; nos amis viendront, ils feront tapisserie.

Et pendant quatre jours nous assistâmes à ces représentations de notre ami s'avançant vers un fauteuil, saluant avec grâce en disant gravement et la bouche en cœur : — Madame la marquise, j'ai eu l'honneur de vous saluer au dernier bal de la duchesse N..., et on regrettait bien vivement de ne pas vous voir plus souvent;... pivotant à droite et.... à une chaise... — Monseigneur, votre Altesse doit être bien pénétrée de mon entier dévouement...

Aucun de nous ne fut malade, mais c'est tout juste.

Le grand jour arrive. — Nous accompagnons X... chez *Brion*, et nous le lançons sur la route de Neuilly dans un magnifique landau découvert traîné par deux chevaux blancs dont on a perdu la recette depuis la mort de Lafayette. L'équipage était conduit par un superbe cocher, poudré, ganté, surtout bien pénétré de l'importance du personnage qu'il voiture.

— *Voilà !*... Nous comptions bien que notre victime n'arriverait pas sans esclandre au-delà de la grille du château royal. Mais l'homme propose et les princes disposent quelquefois.

Doncques à ceulx qui liront ceste hystoire tant véridicque,
Oyez et croiez.....

*
* *

C'était l'heure de dîner; toute la *gentry* élégante revenait du Bois, et comme à Paris on est assez curieux, on regardait avec étonnement ces deux beaux chevaux blancs, ce cocher poudré, majestueux sur son siège comme il convient à un automédon de bonne maison, et notre héros nonchalamment assis dans son landau; tout cela ne manquait pas d'attirer les regards, surtout de la part des petites dames non blasonnées...

— Quel est donc cet étranger, ma chère, le connais-tu?

— Non, c'est peut-être le prince mecklembourgeois.

On parlait beaucoup alors des princes de Mecklembourg, et notre malheureux s'enivrait des petits sourires auxquels il répondait tout gonflé d'orgueil et de ravissement.

Tout chemin mène à Rome, à plus forte raison à Neuilly, quand on suit la ligne droite......................

L'équipage arrive à la grille du château : le suisse interroge, notre homme exhibe sa lettre; il paraît que le grand cachet rouge et les estampilles sont familières au cerbère, car il laisse passer jusqu'au perron; là, deux valets de pied, habillés de rouge, bas blancs à côtes, s'avancent jusqu'à la voiture; nouvelle exhibition : immédiatement un des valets abaisse avec respect le marche-pieds et fait entrer notre personnage dans un salon d'attente. L'autre valet court appeler un des officiers d'ordonnance de service.

— A qui ai-je l'honneur de parler, Monsieur, demande le capitaine qui se présente?

— Monsieur X..., élève architecte.

— Et vous désirez, Monsieur?

— Je viens me rendre à l'invitation à dîner que Sa Majesté le roi a daigné me faire adresser?

— Ah! très-bien, Monsieur... mais...

Notre homme est devenu expérimenté, il comprend qu'on lui demande encore sa lettre; oh! mon Dieu, il la montre vite; vous savez qu'il n'en fait pas mystère :

L'officier lit et regarde : X.. a stéréotypé sur sa figure son plus gracieux sourire.

Le capitaine relit, regarde de nouveau cette victime toujours souriante; et craignant de faire comme les bombes, il se sauve emportant la lettre dans le salon des officiers de service, où, quelques minutes après, on entendait retentir des rires impossibles. Une porte s'ouvre, un colonel d'état-major se présente :

— Messieurs, ces rires sont inconvenants, vous oubliez où

vous êtes, vous oubliez également que leurs Altesses Royales le prince de Joinville et le duc d'Aumale sont à côté dans la salle de billard.

On s'excuse, on explique tout au colonel, qui éclatant à son tour, fait à lui seul tant de bruit qu'une attaque d'apoplexie devient imminente.

Heureusement une autre porte s'ouvre, et les deux princes apparaissent.

— Vous riez bien fort, dit le prince de Joinville; peut-on connaître, Messieurs, le motif de cette hilarité, pour s'y associer au besoin.

Le colonel ne peut répondre : de la teinte pivoine il a passé au violet, cela devient dangereux.

— Pardonnez-nous, monseigneur; mais il y a dans le salon d'attente un Monsieur qui.., que... enfin que votre Altesse daigne lire elle-même.

Le prince de Joinville prend connaissance de la lettre d'invitation :

— Parbleu, Messieurs, nous ne nous amusons pas tant chez papa pour que nous ne profitions pas de la bonne aubaine qui nous arrive; colonel, remettez-vous un peu; puis, vous introduirez M. X..., je veux faire sa connaissance et le présenter au roi.

Quelques minutes après, X... arrivait toujours souriant, il saluait ainsi qu'il l'avait appris devant nos chaises et nos fauteuils.

— Vous arrivez un peu tôt, Monsieur, ce n'est pas à 6 heures, comme le porte votre lettre, mais à 7 heures que l'on dîne chez mon père. Je suis heureux, du reste, de cette erreur, qui nous permettra de jouir plus longtemps de votre compagnie.

Jouez-vous au billard? nous étions en train de faire une partie avec d'Aumale; mais il n'est pas de ma force.

— Monseigneur, je ne sais si je dois... si je puis accepter une partie avec Votre Altesse, car...

— Pourquoi pas, mon cher M. X... à la campagne...; puis vous savez, c'est *sans cérémonie*. Prenez-vous l'absinthe ou le bitter? Moi, en ma qualité de marin, je prends des deux.

— Monseigneur, je remercie Votre Altesse, je prends de l'absinthe, je prends du bitter.

— Oh! alors, parfait! Nous allons jouer en trente liées...
nous commencerons par le bitter et nous finirons par l'absinthe.

On pénètre dans la salle de billard; le prince de Joinville
en fait les honneurs à X...

— Mon cher monsieur, je vous le répète, nous sommes ici
à la campagne et *sans cérémonie;* aussi, pas de façons, faites
comme nous, quittez votre habit; on joue mieux au billard;
puis il fait si chaud.

*
* *

Lorsque la cloche du dîner appelait les convives du château, X... était à ses sixièmes verres d'absinthe et de bitter,
il était *sans cérémonie.* Oh! mais tout à fait.

Sur les demandes pressantes de son royal partenaire, il
lui répondait :

— Mon cher Joinville, à la campagne... Ah bah!

Il entra dans la salle à manger en donnant le bras au
prince, il titubait bien un peu; mais il chantait à demi et
d'une voix flûtée une romance patriotique si touchante :

> Et nous irons jusqu'au bout du monde
> Et la France ne périra pas. . . . . .
>
> . . . .

*
* *

Le roi dînait en famille : — il y avait peu d'invités, le
prince avait placé son nouvel hôte auprès de lui, et pendant
tout le repas il le recommanda chaudement aux somme-
liers.

X... avait beau manœuvrer des deux mains, il avait toujours sept verres pleins devant lui.

J'ai ouï dire que ce soir-là les princes et les princesses qui
étaient dans la confidence ont beaucoup ri à la table royale.
Louis-Philippe, en bon père de famille, était émerveillé de
la gaîté de ses enfants. Il n'avait jamais vu aussi bruyant le
côté de table où était ce diable de marin, l'enfant terrible de
la maison.

Mais il y avait des circonstances atténuantes, le roi sa-
vait que le prince de Joinville avait à ses côtés un ami, et

X... croyait surprendre de temps en temps, sur la figure royale, un sourire plein de promesses pour l'avenir...

Alors..., alors..., X... vidait deux verres; au besoin, il aurait pris ceux de son cher Joinville.

*
* *

Quelques jours après, on lisait dans le journal d'un des chefs-lieux d'arrondissement de la Normandie...

M. Adrien X...., élève-architecte, vient d'obtenir une mention honorable au concours annuel de l'Ecole des Beaux-Arts.

Son projet de fontaine monumentale a été l'objet d'une attention toute spéciale de la part du roi Louis-Philippe.

S. M., si bonne appréciatrice des beaux-arts et toujours si disposée à les encourager, a daigné inviter à dîner notre jeune compatriote.

Il nous a été permis de prendre connaissance du croquis que nous expliquons à grands traits :

La composition en est large et riche de détails, les jets d'eau ascendants s'y combinent ingénieusement avec les nappes retombantes, dont la mince épaisseur permet d'obtenir des jeux de lumière variés.

Deux bassins circulaires, concentriques et superposés, ce dernier établi majestueusement. Au centre du premier, sur un socle pyramidal et comme couronnement, deux vasques d'une grâce et d'une légèreté impossible à décrire.

Enfin, au sommet, une jeune femme *élégamment* couchée sur le lion d'Androclès.

C'est le sublime de l'art !!

On attend sous peu M. Adrien X... Ses nombreux amis se proposent de lui faire une réception digne de son talent; nous sommes convaincu que toute la ville s'associera à cette fête de famille.

*
* *

Le prince de Joinville n'oublia pas son ami d'un jour; il le fit nommer architecte des monuments historiques. Aujourd'hui X... est un personnage, officier de la légion-d'honneur, etc., etc.

Il n'a jamais douté du sérieux de l'invitation royale; mais si d'aventure il apprenait la vérité, je pense qu'il n'aurait pas à se plaindre de ses anciens petits camarades, qui de mystificateurs sont devenus mystifiés

www.ingramcontent.com/pod-product-compliance
Lightning Source LLC
Chambersburg PA
CBHW072359190626
46811CB00020B/2306